屋顶上的海

SEA ON THE ROOF

海饼干　　　著

长江出版传媒｜长江文艺出版社

图书在版编目（C I P）数据

屋顶上的海 / 海饼干著. -- 武汉 : 长江文艺出版社，2021.8
ISBN 978-7-5702-2076-2

Ⅰ. ①屋… Ⅱ. ①海… Ⅲ. ①诗集－中国－当代
Ⅳ. ①I227

中国版本图书馆 CIP 数据核字（2021）第 066660 号

屋顶上的海
WUDINGSHANG DE HAI

责任编辑：谈　骁　　　　责任校对：毛　娟
封面设计：祁泽娟　　　　责任印制：邱　莉　王光兴

出版：长江出版传媒　长江文艺出版社
地址：武汉市雄楚大街 268 号　　　　邮编：430070
发行：长江文艺出版社
http://www.cjlap.com
印刷：武汉市籍缘印刷厂

开本：880 毫米×1230 毫米　1/32　　印张：5.375　插页：2 页
版次：2021 年 8 月第 1 版　　2021 年 8 月第 1 次印刷
行数：2880 行

定价：45.00 元

“我要写下一片田野”

——海饼干诗集序

刘康凯

大约四五年前，第一次看到海饼干的名字，那时我对她一无所知，想不到后来我们会成为朋友，更想不到我会成为这本诗集序的作者。但她诗中那种幽微而又明朗、热烈而又宁静的声音，从一开始就给我留下了印象。这几年来，她写得越来越好了，良好的天分和可贵的勤勉，让她跳过学徒期的很多阶段，快速展露出富有个性的成熟的艺术面貌。在我看来，她已经形成了作为语言艺术家的坚定的身份认同：一种生活就是为了写作的宿命感。这种身份认同在大部分写作者中也是很稀见的。

相对于大多数诗人的成长历程，她起步的时间已经很迟了。我很好奇，是什么力量把她变成了一个自觉的诗人。我对她的个人生活所知甚少，只知道她出生成长于北方，有过一段军旅生涯，很晚才来到江南小城生活和工作。从她的诗作中，可以推测她经历不少挫折。当然，这些挫折也是大多数人所共有的。事实上，我们哪一个成年人不是伤痕累累？生活无疑是塑造诗人的巨手，也是创作最重要的材源。但生活经验与诗歌创作的关系并不是必然的，更不是一一对应的，而是有着非常复杂乃至神秘的中介机制。就海饼干的诗歌来看，天赋的敏感——对生活的敏感、对语言的敏感——无疑是引领她走上诗歌之路的重要力量，而生活中的挫折经验也以一种独特的方式成就着她：对自我治愈和自我超越的渴望，很自然地把她引向艺术。更重要的是，她在艺术实践中，逐渐形成了一种静观的能力，这种能力使她能够把个体的、偶然的经验，汲取并提纯为一种具有普遍性的艺术经验，而这正是一个自觉的诗人必备的能力。

像大多数女诗人一样，海饼干的创作很少关注宏大的社会性议题，而是倾心于日常的、身边的事物，或幽微难明的个体经验。她特别倾心于自然界，她的诗中充满了虫声、鸟鸣、猫叫、野花、野草、树木、雨水、月光、雾气；她对季节的轮换也特别敏感，仅从题目来看，她几乎为每一个季节、每一个月份都不止一次写过诗。对于有挫折经验的人，自然具有一种恒定的治愈功能，而在一个工业化和城市化的时代，自然也常为现代人提供了某种精神上的归属感。海饼干的自然书写固然不外乎这些心理需求，比如“你看到人心与人心间/竖起的墙”，“这让你开始想念/鸟儿们的胸脯”，“比起墙的冰冷，你太需要/这点温热了”（《温度》）。但海饼干的自然书写并不限于满足这种心理需求，她更多的是像她所喜爱的美国女诗人玛丽·奥利弗，在自然中“去看，并领悟”。在这种情况下，抒情主体呈现为一个静观者，坐忘于天地之间，去感受世界的浩瀚与神秘，如在《湖水》中，“……我坐在/这死亡般的寂静里与它对视”，体验构成世界的两种原初状态：死亡般的寂静和生命的疯狂律动，以及美的无常。而从诗艺的角度来看，对自然的书写也为她的诗歌增添了鲜活和轻逸的诗性效果，带来了

某种超越性的视界。这在一个单调而枯燥的城市经验越来越成为诗歌主流的时代，无疑是有意义的

当然，海饼干并不逃避城市经验和社会生活图景。事实上，生活在一个以大型钢铁厂闻名的江滨小城，并且有过去钢铁厂里蹲点“锻炼”的经历，她也曾把工业景观写进她的诗作，如“院外，烟囱一根根竖向天空/人们在炼铁巨兽丛林里忙碌/他们闪过的影子，仿佛/炼铁炉里沸腾的铁水，绽放进/一个个瞬间”（《马钢日记》）。在另一些诗作中，她写到厂区、办公室、会议、食堂、菜市场、医院、马路、汽车等城市生活景观。作为一位热爱自然与孤独体验的诗人，当她写下这些景观时，有时难免会带上一点怀疑、焦虑或忧伤情绪。不过有时在描画了令人沮丧的人世图景之后，她仍会建构起一个坚韧的、有力的抒情主体：“虽说死亡还在继续，但我还是/想唱首赞歌，赞美我们如何熬过那些/绝望又黏稠的夜”（《晚樱花垂下》），这个超越性的主体给诗作的意味带来了张力。而在更多情况下，她是怀着一种“宁静的激情”，不动声色地去看，去沉思，或像一位在做田野调查的人类学家，努力去透视那支配人类生存的神秘力量。她没有像许多写作者那样，习惯性地把城市题材的诗作主题处理成对现代性生存的简单否定，而是尽可能地在其中融入某种复调意味，并由此生发出对世界与生命之复杂性的沉思。如《马钢日记》里那些“炼铁巨兽丛林”里的身影，诗作固然借此呈现现代生命之卑微，但同时似乎也见出卑微生命倔强楔入时间并绽放自身的壮丽，生命之小与大就这样无缝对接了，诗意的丰富空间也由此建构。

海饼干的诗歌世界并不仅仅是一个即目所见的世界，也是一个充满记忆的世界。在这个世界里，诗思常常在现实与记忆间闪回跳跃，不同维度的场景自由组接，时间的链条被打破了，一个个沉入黑暗的生命细节被重新照亮。当然，许多细节是创伤性的，抒情主体也似乎是消极的，“仿佛路过的女巫拿魔棒点了我”，甚至“我感觉一个铅球正穿过时光/抛向我”（《晕车》）。但这个从虚无中抛来的“铅球”带来的并非第二次的伤害，而是抚摸，因为诗艺的“魔棒”让记忆失重，让细节变形为轻盈的美的载体。海饼干是洞悉这个魔法的，她自己更像是个“女巫”，自由穿梭于时光隧道，点触那些沉重的生命细节，让它们化身为一片摇曳的诗的风景。因此，当读到“‘滚’，妈妈竭力喊出的话/被风一吹就散了，我看见/满地毛絮打着转汇到一起，呜咽着/把手伸向黎明”（《父亲和爸爸》），或是“她就在老香椿树下刷麦秆/她的铁刷子那么有力/那些麦秆在她手上，顺溜得像/一个个孝顺的孩子”（《清明》）这样的诗句，我们固然会感到一瞬间的沉重，但与此同时，我们又会立即从这种沉重中解放出来，被细节轻盈的翅膀带向一个快感的国度。在海饼干笔下，重与轻悖论式又非常自然地融合在一起，而这正是诗艺的魔法。

需要说明的是，海饼干诗歌世界里的一草一木和人世风景，固然有时是作为象征意象，但更多的时候还是作为她体验到的本然的世界呈现；即便是作为象征意象，也并非纯粹的喻体，而是源自她的真切体验。这就保证了她的诗歌不会沦为情绪或观念的符号，而保持了感受的生机和活力。说到底，诗意不是来自符号演绎（尽管诗歌文本在本质上也是一种特殊的符号），而是来自人与世界相遇时的那种生命本能的颤栗。因此，海饼干很多时候就像一个痴迷于室外写生的画家，致力于把她体验到的世界呈现在画布上。画上风景既浸透了她深切的生命感觉，同时又以其本然的样子呈现世界的丰富性和神秘性。我们仿佛看到她站在画架前，眼睛里充满了惊讶：呀，世界原来是这样！

是的，呈现，这是海饼干诗歌写作的重要品质。固然她也是一个抒情诗人，抒情是她写作的重要动力。但作为一个自觉的诗人，她并没有把抒情作为写作的最终目的或唯一方式。她的诗歌里无疑充满情感，但这情感是经过沉淀和过滤的，已经扬弃了原始情感的那种质重和无明，变得轻盈而清澈，可以包容和呈现万物，也呈现自我的生命。因此，当她写下这样的诗句："我是生活的禁欲者，你凑近我时/我告诉自己要克制""可此刻为什么/无论我怎么做，都无法将夜的眼睛/从一个吻上挪开"（《六月的夜》），在我看来，就并非仅仅在抒情，更是在怀着讶异静观生命的复杂和神秘。在这里，"我"既是一个偶在的个体，同时又化身为所有生命的原型，"我"既在本能的深渊里颤栗，又拥有了一双透视一切的"夜的眼睛"，在深渊之上静观世界和生命。因此，与其说海饼干诗中的"我"是一个抒情主体，不如说是一个和她笔下的"你""他""她"具有同等地位和功能的角色，他们各自或共同出演一场场生命的戏剧。

这里必须提及海饼干的另一个写作身份：小说家。就我有限的阅读来看，她已经写出颇为成熟的小说文本。在一般印象中，小说和诗歌是两种迥异的文类，小说家和诗人也似乎属于两个完全不同的种族。其实他们的差异没有我们想象得那么夸张，他们不但共享着许多创造原则和评价标准，彼此之间也经常取经学艺。海饼干融两种身份于一身，在我看来，无疑获得了一种优势，一种综合的写作能力。作为小说家的诗人，可能比起一般诗人拥有更为冷静的心智，更能够约束个性自我而去呈现世界的复杂性。海饼干的诗歌写作印证了这一点。她的诗歌在总体上具有一种叙述倾向，常常让诗意不是在抒情中而是在叙述中呈现。她的诗歌语言朴素，很少使用形容词；诗歌语调沉静，克制。她的一些诗作具有明显的戏剧性；这种戏剧性不是刻意制造出来的，而是世界和生命本然的形式，而她不过是精巧地将其呈现出来。

比如她的一首短诗《我们的清晨》，在我看来就不像是一首关于失恋的抒情诗，而是一篇精彩的小说。文本中的“你”与“我”的故事与“火烈鸟”的故事，构成两条线索，并互相对位，彼此映衬、生发。这种复调结构丰富了诗作的内涵，使其主题由抒写爱情的失落扩展升华为对世间生命之悲剧命运的沉思。诗作设计的对话与对“你”的动作的描述，极具概括力和表现力，在不动声色中生成强烈的悲剧效果。在另一些诗作里，则完全抛开了“我”的角色，凝神于讲述一个个“他”“她”或“他们”的故事，像《肖像》《婚姻》《中年男人》《中年夫妻》《有人在酒桌上讲故事》《十月是原野的白房子》等，呈现出一个卑微、盲目、矛盾、被困在肉身里的生命群相。

“春天又来了几次，他们/还躺在同一张床上/长久地不说话。丈夫为妻子做饭/食物在他的手里有了/温度，他想/只要不亲吻妻子/他们还将这样安静地生活很久/直到冬天来临。”（《中年夫妻》）这样沉静的叙述语调和有力的细节，所生成的艺术效果，是一般抒情诗所达不到的；而诗中那个隐藏起来的叙述人，也在一个超然的位置上赋予故事以一种静观人世的苍凉感、一种对命运的悲怀。

当然，小说的叙述和诗的叙述毕竟不同，海饼干是了然于这一点的。因此她致力于将两者以最恰当的方式结合起来。她有时会为叙述创造一种音乐化的语调，这样，诗性就借此生发出来。如《有人在酒桌上讲故事》，写在矿难中死去的“师哥”：葬礼上，他趴在少年的肩头耳语：/“会抽烟你就长大了。”其中“会抽烟你就长大了”，类似一个主题乐句，在一再重现中打破叙述的时间秩序，仿如命运之神借死者的口吟唱出来，直击人心。而“趴在少年的肩头耳语”的鬼魂，也以其摆脱肉身的轻盈，与诗歌艺术在本质上的轻盈达成同构了。有时，她会为叙述创造一个陌生化的视角，如《清晨的道具》一诗，把“清晨”这个时间概念具象化为一个形象，一个类似于上帝的角色，它以操纵和维持世界的运行为日常工作；它可以轻松摆弄自然之物，而对于复杂纠结的人的生活和命运，它却“毫无办法”。诗中别出心裁的陌生化视角，和诗歌艺术必具的陌生化技艺也达成一致。

海饼干在跨文类写作中对诗歌艺术的创造性实践，也印证了她是一个自觉的诗人。她已经把艺术视为自己的人生归属。

在一首诗里，她引用了一句话：“只有艺术能让我落泪”（《阅读》），这何尝不是她对自己写作行为的暗示或期许？作为一个女性写作者，她已经拥有了“一间自己的屋子”，“当人们远离我，我就和这些诗/长在了一起/我们互相抱紧/甚至发誓互不背叛”（《在屋里》）。这种对诗的忠诚源自她对艺术的信念：只有艺术能够创造出“另一个世界”，在这个世界里“语言的花丛盛开思想/即便此时光阴不听从我们的呼唤/又有什么关系呢？”（《向死去的大师致敬》）。因此，我倾向于认为，她的这首《爱一个人》其实是写给缪斯的情歌：

我要写下一片田野
用语言钉起木篱笆，种雏菊
种云朵，种下整个季节。
那时你会仰着头看我，仿佛看一朵
飘忽又无根的云，如何
落入你的手心。

2020 年平安夜

目 录

屋顶上的海

在屋顶，海像死去般
安静，只有未知之物闪着微光。
当这些光散开，海水就
开始凝固，变得轻飘——
一块块从梦中升起
它们深邃的蓝靠近我，让我窒息
一个陌生的命令
在改变我的想法
不知过了多久
又像伞兵一样跳出来
我并没数它们有多少
事实上谁也数不清。
当它们再次成为液体
未知之物的光变得辽阔
铠甲般裹紧海面，我蹲下来
抚摸这坚硬的光
对着屋顶祈祷，就像对待
信仰那样。

在湖边

湖水像天空的
眼睛般镶嵌在我面前
树木整齐地倒映在
它蓝色的眼眸中，我坐在
这死亡般的寂静里与它对视
金樱子在我身后疯长
生机在它身上泛出水的波纹
蛇一样蜿蜒地奔向山坡
和我看不到的地方
它的白花瓣从山的这头
连向那头，仿佛少女的发带
或其他转瞬即逝的东西。
现在，我再转过身看湖水
它依旧那么安静
只在我拿起小石子时才发出
急促又欢快的
笑声。

在三月

爱情变成一张
黑孩子的脸，在某个瞬间
只有笑容是白的
过去是无尽的黑
从头发到脚趾，我们争论
爱时像在悬崖边烤火
我们竖起黑鼻孔仰视深渊
没有谁能领着我们
走出绝境，我们松开拉紧的手
奔跑，向着不同的方向
直到三月的苹果树吹响
一串鸟鸣。

春天的某一天

我们感到被无知
羁绊，生活躁动得
像一块刚成形的豆腐
热烈地吐出豆腥味，黑条纹的
白猫张大慵懒的嘴巴
在夜里，它的哭声和许多猫的
哭声汇合，敌视又
依靠地走向一个
未知的深处。

立　春

平整过的土地
安静地躺在厂区
像一个睡去的季节。一个月前
这里是一座三层小楼
我猜不出它的作用
只是不断想象它的过去，墙面雪白
房间散发油漆的味道
现在，我只能站在这怀念
它破败的样子
生锈的旧楼梯，黝黑的
墙面像作业区工人的脸
接下来，我知道野草就要
像春天般在这里疯长
还会不断有电动三轮车从这
突突地驶过。

三月的雨

乌云遮住天空时
风怒吼着吹落了
几乎整个春天，在马路上
落叶翻滚着涌向黑暗
车灯除了照亮它们最后的路
也擦亮了雨的面孔
那是些又圆又大的水滴
它们欢快地叫着，在蹦到地面之前。
行人的伞歪向一侧
世界在他们身后暗下来——
仿佛神秘事物的统治者降临，有人
在车里打开天气预报
音乐里钻出明天的温度
“降温十度”
他微笑地重复，仿佛这温度是
他五岁儿子决定的。

夜登雨山

雨山的怀抱张开
有风轻抚我们，身后
它的黑视野装满了野花
青草和树木，但色彩被收起
仿佛收拢双翼的鸟。
森林的呼吸匀称，虫鸣
也不知踪迹。你说：
“雨山是我们的了。”
“我们也是雨山的。”我拉起你的手。
月光隐在山后像先知般洞悉一切
我们相对而坐，在四角亭
像两个对称的事物
我们讨论朋友，光阴在嘴巴里
肆意跑走，笑声
耳语声，还有谁在共享
这隐秘的快乐？此刻
我相信这山中一定有泉水潺潺流动
就像你的语言流到
我嘴巴的过程。

爱一个人

爱一个人是对你大声说，小声说
一言不发，看你鲜活地
在我身体里游动
在冬天的视野里看到春天
更多时候，我们躺下来
盯着人生，盯着生活，盯着彼此
然后沉溺，没有人
教我们如何爱，我们在生活的
河流中沉浮，像两个没有嘴巴的葫芦。
如果苦难有尽头
我们就会摸着石头游到春天
我要写下一片田野
用语言钉起木篱笆，种雏菊
种云朵，种下整个季节。
那时你会仰着头看我，仿佛看一朵
飘忽又无根的云，如何
落入你的手心。

谷雨登雨山

智者将来到人们中间
参与每一场谈话，即便这样
鸟儿还会在雨中迷路。
拾级而上
四月的生机也不断上升
像香樟树的新叶
而我们未知的，将随落叶成谜
没有人思考如何
把暗红色的山道收拾进秋天
花期将过，杜鹃花墙
保留着最后的秘密
在那些厚实叶片的眼睛
花朵张开的嘴巴、矮灌木的耳朵里
你听到万物敲击春天
衰败的额头，但一场泉水音乐会
却刚刚开始，在一个个隐秘的
播放器里。

四月，我们羞于谈爱

我们已羞于谈爱，四月像
女巫般掳走了它。森林里清澈的湖水
或燃烧的火山，都曾经是它。
而此刻我们只能蹚在生活
浑浊的河流里，没有对视
冷漠从镜片中折射过来——
一个嫌弃的眼神
以前，我不知道你说爱我时
是爱的开端，羞于说爱时
是爱的归宿，它飞走了
像鸟飞离一棵树，似乎没什么不妥
鸟扑棱的翅膀里没有硝烟
语言的石头砸向你
也砸向我，没有人成为局外人
我们那么疲倦，我躺在
岸上喘息，你游回生活的浊流中去
在四月，我们羞于再说起爱
说起月光落下来，遮住我们
光亮的身体。

三月的早上

在公交站点等你
仿佛在春天里等待一场雨。
我们并排走着
我口袋里装着你的小说
一个厚实的信封，故事
诡异得像一张沟壑纵横的脸
我看到自己在一段描述里：
“一个穿蓝衣的女人……”
悲苦又虚幻，像一个
还未到来的我，我们在虚构的
事物里见面是容易的
你翻开春天告诉我：
“欲望是红色的，而爱情纯净如水。”
你说这话时，我正穿过一双双
目光抵达你，像穿过石像的丛林
但我知道我们就要回家
并在一个熟悉的十字路口
各走各的路。

坐过山车

我从山顶落下来
从一个巨大怪兽的怀抱
向下，急速向下
仿佛我正从生活的云端跌落
在途中，绝望如坚硬的空气
剐蹭着我的脸，疼痛感
向上翻涌，和下降的速度相反
我胡乱地伸出手
想抓住什么
但现实那么冰冷，在它面前
选择是艰难的。
人们仿佛都被
固定的模式捆绑着
无法进，更不能退。
而鸟儿则聚到一起，啾啾地
仿佛嘲笑什么
它们自由的身影
在我眼睛里不停晃动，跟着
快速下降的风。

雨　水

大年初四，楼下的超市
已开张，巨大的金钱龟张开嘴巴
但东北没有雨，雪从城市的
两侧向中间推进，欲望的声音
从下水道爬上来，人们开始憧憬春天
但雪挡住了视线。爆竹像爱情般
热烈地炸开，又转瞬即逝。
爱是生活的必需品吗？
我从友谊医院走回母亲家
仅仅几步却步履艰难，为什么
有人能轻快地走过四季，我却把
自己耽搁在一场
大雪里？

在三月，想起一些人

在三月，想起一些人
拽出一个个名字，就像
推开一扇门：
看到樱花落在柳树下
二月兰走了
有的花还没开
春天抚摸自己生硬的胡须
猫的嗓子嘶哑。那么多
鲜活如三月的人
都在这里，他们戴着帽子
或穿着裙子
像所有我见过又没见过的人
被安置在我的记忆里
人群中、街道上——
这是上帝之手的杰作
就像此刻
我也是一个作为人的风景
穿插在这里。

春天里

潮水涌上来
在你身体里晃动
像许多酒瓶漂浮在海面上
你摁不住它们，就像
摁不住晃动的春天，万物生发
丑陋的事物也滋生
譬如街角的垃圾桶、泔水里
或欲望的阴影下
可你是谁？规矩的反叛者
还是生活中逆行的人？
温度越来越高
漫山的花都笑了
你也会笑得直不起腰
像一棵细颈子的兰草
或狗尾巴花儿，谁知道会发生什么呢
在春天里。

雨山湖的春天

春天在植被中眯起眼睛：
一个不规则的世界在展示它的美
横向的，纵向的
无规律的花朵都涌向它
有人读：“乱花渐欲迷人眼。”
崭新的枝丫，围起我
树冠如绿云朵在风中抖动
波纹剥开湖水
划皮艇的人纷纷跳进波纹
仿佛跳入奇妙的光圈
夕阳在他们身后流淌。
孩子们从学校出来奔跑或跳跃
鸟鸣被笑声遮掩。
不知名的草在默默结籽
我伸了个懒腰
一个下午那么长
我只取下一截记下：生活给予我的
就让我用春光来还吧。

在三月，做个清醒的人

在三月，季节
把湿冷的冬天放下
摇醒满树骨朵
今后我要给冬天的冷雨
和春天的枝头让路
给虚伪的舌头和真诚的
面孔让路，给喧嚣的鸟鸣
和安静的脚步让路
给诗歌的语言和小说的细节让路
给离去的朋友
和归来的敌人让路
我想让相爱的人挽起手
不爱的人回到归途
我要清醒地
看这世界在热闹中盛开
生活在平静中凋落
不带一丝悲哀。

二月花未开

在争吵中
爱是热烈的，委屈也是
我拧熄它们
把你塞回过去，在雨山
不知名的野花不知疲倦地开
可二月兰还没动静
我在四角亭里看雨
听雨水和树木亲密地交谈
过去的我们沿着楼梯向下走
我看到黑獾子匆匆
钻进草丛，玉兰的花苞
从墙里探出来
仿佛谁的手在召唤什么
它们似乎都忘了
你曾在这带着我穿过
整个春天。

相　逢

二月像一匹焦躁的马
冲进春天。人们坐在
新草地野餐，杯子里装满新酒
微醺的人卷起舌头
他在模仿一种山鸟的声音。
猫头鹰睁大眼睛
智慧仿佛它向树下丢的果子
现在，如果把长白山
和雨山丢进一个酒杯
我是不是就会在
一句句绕路的方言里，在一朵朵
叫野百合的春天里
和它们相逢。

我　们

生活把我们
变成快速旋转的陀螺
无法自控的那种
谁能感知人生的真相？
似乎谁也不能
樱花在我们头顶盛开
歌声嘶吼着劈开前方的路
没什么是我们没见过的
没什么是我们没错过的
音乐扭动着点燃脚下的土地
广告牌在人们视野里扭曲
我们开始迷失，变得和我们
曾嘲笑的人一样。

雨　后

雨把昨天洗刷得
那么干净。桃花
沾满水滴，枯枝探出新芽
我在生长什么？
建中门口，一个交警给违停的
家长开罚单，另一个
在学校食堂买蛋糕
和煮鸡蛋，石头缝里
野花蔓延了整条路
我沿着这条轨迹去上班
就像回到山里，风认识我
鸟也认识我，只有人会
把麻木挂在
脸上。

六月的声音

整个六月都在喊叫
叫成凌霄花的颜色
叫成喇叭的形状
仿佛一张张焦虑的嘴
知了任性地扯着嗓子
人们在这些叫声里相爱
孩子们摇晃着就长高了
像商贩手里脆嫩的绿豆芽
我把荷叶盖在脸上
似乎它可以遮挡一部分声音
缓解我的牙疼
我听到楼下的女人喊：
“救命，不要打了”
我把头探出去，又缩回来
傍晚，她出现在广场上
错乱的光打在她欢快的脸上
而那些喊叫早就淹没在六月
巨大的回音里。

六月的夜

今晚没有月光
但你的轮廓那么清晰，我们
熟悉对方如这夜晚。分别时
我突然回头亲了你的脸。现在
我躺在床上一遍遍回放这个细节，当时
我有些眩晕，不是酒精的作用
我是生活的禁欲者，你凑近我时
我告诉自己要克制，没有谁
比我对自己更有耐心，我像母亲般
教育着自己，以自我的意志
判断这个世界，可此刻为什么
无论我怎么做，都无法将夜的眼睛
从一个吻上挪开。

在绩溪

炒粉丝如记忆般
黏在我对这块土地的
认知上
毛豆腐是绵密的
我躲在它滋滋冒泡的体内
没有臭味，我的舌尖上
有徽州古老的技艺
“男人十几岁就要丢出去
徽商就是这样历练的”
一个声音从巨大的木质祠堂
传出来
我蹲在门前的溪水边
看小鱼用自己的环形花纹
记下兴衰
“大开中门，沿着甬道”
那个声音再次说到一件
辉煌往事
人们快速随她的提示涌上甬道
像有记忆的小鱼那样
游动在
威严的庭院里。

捕蝶者

——给纳博科夫

蝴蝶是他手中流畅的音符
飞蛾也是
在自然之物的国度
他深知什么是食物链的尺度
他捕蝶的动作被光阴拍下
从英俊的逃亡者到臃肿的老人
在他身后，妻子的微笑密不透风
这是他们的王国。
他在显微镜下看虫翼
那些神秘的花纹来自哪里？
他在文学作品中梳理稀疏的头发
它们像柔软的草般趴伏在
他衰老的头上
但有人质疑他吗？
当提起一些作家
他就满腔激愤，他猜不透
人们为什么围着肤浅的文字打转
他着迷的是那些
鳞翅目的精灵，它们飞向

捕蝶者的纱网，飞向他光洁的额头
让他记录下它们的
末日。

八月的集市

晨光推亮八月的灯盏
集市在一束光中摊开，如人
坦诚心中所想
人们在光束里穿梭，叫卖声
清脆地切割着季节的光影
仿佛希望将降临
土豆，玉米，莲蓬握紧
墨绿的拳头，一个如意的形状。
猫从鱼摊前从容走过
鸟儿落在阴影里
叫卖声如山路般高低不平
光阴像个风火轮
人们都踩着它，只要能驾驭
你对待欲望就能像路过鱼摊却
从容而过的猫一样。

八月之末

绝望张开巨大的下颚——
一张古怪的脸停留在我眼前。窗外
紫薇花一簇簇的
谨慎地开，小心地落
一双无形的手把橙色的光晕
随意涂抹在天空的
两颊上。孩子们去哪了？
天真的笑声越来越稀薄
人们喘着粗气，我剧烈地咳嗽
在新办公室，落地窗的玻璃
把我和世界隔离开
一个孩子推着铁环跑过去，向着
落日的方向。

八月的梦

一只烤鸡，我是说
它像人一样在跟我说话
但它没有头（它靠什么发声?）
它的胸肌像健美运动员般
发达。我身后
被黑暗吞没的庭院，露出
女巫般的面孔。
香樟树发出鸡打鸣的声音
天还没亮，树枝如无数翅膀向上抖动。
“你要飞去哪里?”有个声音问。
“没有头的都要离开”
我对着烤鸡大声说
可所有事物都像接到了指令
笤帚拉着簸箕，针线笸领着小荷包
有节肥肠匆忙跳进菜篮子
它兴奋地扭动着腰身，仿佛庆祝赶上了
最后一班车。

一种结果被说出

当一种结果被说出
那不像果子落在地上的声音
而更像结局或葬礼奏响的旋律
“祝福他吧”
上帝抬起温柔的面孔
台风还没走远，雨敲击着
窗台上的纸板
有人从哗哗的雨声里逃跑
你看着他慌张的背影
什么也没说，是奶油黏住了你的嘴吗？
风绝望地呜咽，你蹲下来
捂住脸，一个果子
滚到你脚下。

与朋友聚会

接风，男人和女人的
交往可以追溯到二十年前。
那时，女人腰肢柔软
而这段感情夭折在另一个女人的
才华里，如今他们说自己老了。
女人的脸有些下垂
肃穆得像一尊古老的石像
这是一种集体的衰老
可我身边的中年男人有孩子的天真
他晃动着火龙果一样的发型
我想到了它模糊的口感
我夹起臭鳜鱼又放下
那是异乡的味道，我用筷子插起饺子
用熟悉的方式靠近故乡，我似乎
再次回到那个场景：
姥姥翻过墙头
沿着香椿树的枝杈回到
自己的家，房间里的人慌忙咽下
滚烫的饺子。

九　月

没有人能脱离人生的
轨迹，把自己从生活里拔出来
这让你想到北方的萝卜
九月的萝卜清甜，叫卖声
也清甜。在巷子口
一个女人的叫卖声在空气里
仓促地跑动
像个孩子在向父母讨要什么
红格子头巾裹着她潦草的脸
那是生活退潮后的海滩吗？
她的丈夫，也许是兄弟——
一个瘦削的男人把驴车赶向
巷子深处，但她的叫卖声依然像秋风一样
在你耳朵里跑进跑出
即便你早已看不到她薄袄露出的
那片黑棉絮。

在鸿泰酒店

十月，这里像一朵过度
开放的花一样衰败
虽随处可见华丽的痕迹
厚重的地毯，服务员笔挺的衬衫
但我还是听到了沉重的喘息
瓷砖翘起裂开的门牙
电梯仿佛守门人粗糙的脸
床安静地承载着我
一个有些衰老的身体
在镜子里，我的皮肤纹路正朝下走
多像一股倾泻的流水
它将流向哪里?
我摸着椅子掉漆的把手
没有人回答我，夜这么漫长
是不是除了虫鸣，再没有谁愿意陪伴
两个日渐衰老的躯体了?

中年夫妻

他们长久地不说话
即便在同一张床上
呼吸听起来也像同一只
蟋蟀发出的鸣叫。忙碌时
他们像两只独立的蚂蚁
即便见面，触角也不想
碰到对方
雨山的花谢了又开
春天又来了几次，他们
还躺在同一张床上
长久地不说话。丈夫为妻子做饭
食物在他的手里有了
温度，他想
只要不亲吻妻子
他们还将这样安静地生活很久
直到冬天来临。

走　路

我曾经长时间地走路
一下午或许更久
我走过城市、乡村
森林和人群
木棉花簇拥着大片花朵
银杏树摊开丰硕的果实，树叶
铺展金色的路
但我知道没什么能留下我
我会继续走下去
像回应一种归宿。我想起
在长白山脉，那些枫叶染红的山里
生机随冬天的黑鼻孔溜走了
雪那么清澈
万物被神秘的气息笼罩
黄松鼠发出雀跃的叫声
在冻僵的山涧里
它抱着偷来的玉米和我迎头而过
直到现在我还记得对视时
我们眼中的恐惧。

保守甜蜜的秘密

他把手指放在唇上，禁止我
说出好消息。
“在成功之前，要保持沉默。”
“像保守甜蜜的秘密吗？”
“别引起别人的嫉妒。”
我们在对话里揭示生活的危险性
我捂紧自己，避免秘密
像光阴一样被偷走
自那以后
我就学会了关闭嘴巴
虽然有时它张着，但你知道
它是空荡荡的。

生活伸出了枝丫

生活伸出了枝丫
不是一枝，它们交错在你胸前
像一枚复杂的勋章
但每个人的都不一样，你看着它们
想起你乱糟糟的生活
细小的藤蔓攀附着
粗壮的，花朵在最显眼处
那是些值得骄傲的瞬间，但大部分
都很平凡，比如叶片
平淡得像早上的雾气，还有些
枝丫早已不在，当然
你并没忘记它们
在晨光里，也许等你老了
它们还会长回来，趴伏在那块
埋葬你的土地上
你知道，它们会像标签一样为你署名
陪伴你，直到你
和它们生长在一起，成为
枝繁叶茂的一部分。

宁静的热情

——给狄金森

火被坚定的眼睛摁住
那深陷于思考的湖泊，观点
那思考的衍生物
但你拒绝将它们看作珍珠
你谨慎地前行，在十八世纪蓬起的
裙子下，残忍的生活正呈现
静态的面孔，当然还有流动的
你张开双臂原谅爱你的人
“拒绝上帝的庇护是愚昧的。”有人告诉你
愚昧是人生隐藏的顽疾
让你窒息，你拒绝远行
拒绝看见崇拜者懵懂的眼睛
你把自己的脸镶嵌在
自家院子里，像一个标识——
阿默斯特的女尼
你一生都遵守该遵守的
你拥抱父亲，窗外
一条没有尽头的送葬队伍淹没了
阿默斯特的清晨

亲爱的，白裙子是你哀悼

爱的仪式吗？

清　明

那年春天，姥姥像个
疤痕一样从尘世脱落。没人知道
死神如何走进那间低矮的
牛棚，又如何带走她
邻居的牛棚
她住了七年，也许更久。
除了牛，猪圈里还关着两头猪
老黄狗拴在屋檐下
纵横的皱纹像蛛网般禁锢了她
儿子似乎忘了她还活着
女儿们在忙什么
她也不知道，她只知道
守着日落
抱着晨光过日子
舅妈不给粮食时
她就在老香椿树下刷麦秆
她的铁刷子那么有力
那些麦秆在她手上，顺溜得像
一个个孝顺的孩子。

十月是原野的白房子

十月是原野的白房子
青草热烈地枯萎，拥抱着点燃自己
秋天无处不在
风把它的脸吹得沙沙作响
像那个干燥的中年女人
一切似乎还没那么糟糕
虽然丈夫、孩子
偶尔犯病的父母
他们的声音占满了白房子。
现在，她在擦玻璃
把纱窗一片片按进泡沫里
黑蚊子叮咬她粗糙的皮肤
白房子像枷锁一样
拴牢她，她并没挣扎
只是拿起毛刷子
对着那些密集的孔洞狠狠地
刷下去。

十月里有谁的影子

人们重叠着来，又重叠着去
十月是他们的栖息地
他们是十月虔诚的拜访者
在采石矶，生活在石梯间停滞
黑蚊子围着我跳舞
天牛死了，在一堆蚂蚁间
释放它的体味
我似乎看到它的黑气息
在蚂蚁体内生长，像野草般茂盛
女人，男人，孩子蹦跳着
从门内出来，一条清过淤的河
空荡荡的，绿荷叶
倒伏在浅滩上，周遭的绿
仿佛也开始沉陷，似乎很快就会
被一群影子吞没。

初　冬

我安静地坐着
看自己在生活中疲倦地打转
一种沙哑的嗓音
从冬天的喉咙里滚落
季节齿轮间的撞击声
让我感到颠簸。
我在杂草丛生的生活里沉浮
样貌丑陋，像古老的水生生物。
水里有杂质，有模糊的问题
即便我戴起潜水镜
还是会染上红眼病
我恐惧地看着细菌在我眼睛里游动。
我原谅伤害我的人，对他们
满怀畏惧。季节齿轮
在激烈的碰撞声中擦出火花
人们奔向雪地，向着虚幻之物
发出长久的尖叫，我缓缓
闭上眼睛。

这里是雨山

和其他阴雨天一样
地面湿滑得像山妖的黑舌头。
人声稀少，琴声穿透叶片
滚过我的额头，仿佛有鸟
在音乐里拍动翅膀。其实
在树林里，家雀细碎的叫声
正顺着树根爬到树冠
然后再滑下来，它们是这里的主人
我沿九号登山道向上爬
在山顶，工厂发出老人般的喘息
老年斑过早地
贴在工业化的标签上
“它即将改变。”一个声音告诉我
环顾四周，藤蔓
如绿女巫的魔法般涌上来
紧紧缠绕住冬天、树木、石头
和我的手臂。

婚　姻

神俯下身，你嗅到了
自己的气味，但你仍对着高处祈祷
教堂点亮柔和的光，蜡烛
在人们手中自然生长
仿佛神圣的事物正进入他们。
你看见：分居多年的妻子
坐在自己面前，人们在她脸上涂抹哀伤
儿子年少，她戴黑纱的脸盯着你
眉头间深锁的结散开
长长吐出一口气，拿起一块白布
像胜利者那样，再次将你
拴在腰上。

向死去的大师致敬

我听到那些名字时
他们有的刚刚死去，报纸上的
名字还温热，靴子上
还有我陌生的泥土——
另一种文化，但这都
与我无关，直到他们的作品
如一道道光照着我
射灯在舞台上画圈圈
威廉·特雷弗，我打开他的
短故事，世界在我关上的门后
消失，我阅读他
即进入另外的世界
语言的花丛盛开思想
即便此时光阴不听从我们的呼唤
又有什么关系呢？
他们留下了这么多，其实死亡能
阻隔我们的也只有
这么多。

新年想起东北

想象有巨大的疆域
但无恶意，没有巫婆诡异的手指
且缺乏目的性，我这样
要求自己：“别市侩，受难者的孩子。”
我小心地与世界保持
距离，但其实只需回避同类
森林里有厚实的松针
有长白山古老的骨头，死者站起来
回到故里。他们来自江南
或别处，在流放地
他们像牲畜一样死去。那年
他们指着我站的地方说：
“婉容就在这座山的哪里
埋下了，像一件
破衣裳。”

在屋里

送走身体的敌人
那些聚会的朋友，他们爱我。
我翻开《阿米亥诗选》
它厚重得仿佛圣经，战争
让以色列人嘴巴含着弹片
划开语言的舌头
血在烧焦的土地上画古怪的符号
“一个陌生的民族”
我习惯这样称呼未知的世界
在这个焦虑的下午
当人们远离我，我就和这些诗
长在了一起
我们互相抱紧
甚至发誓互不背叛，思想在土地升起
我随它们上升，事实上
我只是轻声读出它们
这就像把一串串鸟鸣别在窗外
那座山的鬓间。

冬天的花果山

猴子在尖叫，从爆竹声里。
野花在它颈子上生长，散漫地开
随意地落，让你嗅不到生息
那么安静。山上没有大树
鸟儿们拥挤地叫着
像在狭窄视野里争论的人
可飞起来它们会变得开阔
黄昏把混合的色彩
探向我，一抹橙色的光影像脚底
生出的风般带着我奔跑
牵手的人躲在树林里
但总有热闹的声音闯进去
惊飞一两只鸟儿
但他们没惊慌，只自顾自地牵着手
仿佛要把每一条山路
吻一遍。

有人在酒桌上讲故事

似乎是在讲件小事
他刀子般的脸始终挂着笑，像冬天
雕刻在玻璃上的形状
两人从矿井下钻出来时
星星也钻出来了，那么热闹。
其实，在矿工脸上
幸福和煤灰一样转瞬即逝
“对面的沟叫快活沟”
师哥狠狠吸了一口烟，看着青涩的他：
“都是些死了男人的寡妇。”
师哥递过一支烟：“会抽烟你就长大了。”
他还没学会，师哥就被一块石头带走了
葬礼上，他趴在少年的肩头耳语：
“会抽烟你就长大了。”
那孩子十二岁，刚失去父亲
窗外，二月兰正在沟壑里疯长，多像他
年轻的母亲。

沃尔科特去世了

这让我想起三年前，另一个
诗人去世，当有人把消息
告诉我，讣告已经像旗帜般
盖在他的棺材上了
我看不见悲伤
也不知道自己为什么哭
在床头，我坐得像个哀悼者
在关于他的新闻里
转发像流行病一样数量可观
这些人来自哪里？
有人愤愤地说：“你们都在模仿他”
他抱怨得那么虔诚，但在他身后
不可遏制的事一直在发生：
在被过度砍伐的信仰中
诗歌正像其他神秘的
事物一样消失，也许过不了多久
我们就只能读读自己的
空脑壳了。

给星星点灯的人

他走在路上、山上
在湖边，月光跟上他的脚印
蟋蟀把鼻音拉长
一个个调皮的影子从黑暗中
跳出来，蚂蚱、獾
猫头鹰蹲在柞树上看他
而他只顾安静走路
但低头或仰视都仿佛和它们打招呼
露水打湿他的鞋子，野兽的叫声
从远方奔过来
一声声冲进他的耳朵
又一声声跑出去
他把电筒举向电线杆，光束
在夜里穿梭，不凌乱
也不慌张。很快，原野又恢复寂静
谁还记得刚才那个给星星
点灯的人？

参加葬礼

他温和的笑容摆在大厅桌子上
花圈和祭品簇拥着他
其实我并不认得这个同事的公公
一个编剧，《编剧大辞典》
介绍他的文字那么小
那么细致，仿佛要把他的一生
写成一出戏剧，那是他的拿手戏
以前，他常和演员在剧场喝酒
人们喜欢他酒后唱曲
老婆会嗔怪地斟满他的酒杯
可他两个儿子从不写戏剧
他们最擅长喝酒时，盯着别人的酒杯
空下来，酒瓶空下来
就像盯着自己空空如也的
一生。

写给七月

七月是乳白色的
新领导有两颗虎牙
我们从咖啡和圆点心说起
当然还有些别的
譬如赞美，她搅动勺子
我盯着落地窗，雨从比 12 楼还高的地方
落下来，那么自在
像此刻的我，一张桌子
和一间狭长的办公室
在隔壁等我。新领导对我张开双臂
楼下的笑声遮住了这个动作
可我知道
这是我期盼已久的
就像你突然抱紧我时，我也
伸出了双手
你说爱我时，我仿佛听到
万物欢唱。

初　伏

夏天像红头发的
怪兽拍打着玻璃墙
生活是它灼热的口水吗？
办公室里，事物透明
言语有着绵软的注脚
什么都不需要说明，我们
只需弓起身子，做好该做的
猫收起脚步，立起尾巴
把多余的想法
藏在柜子里吧。可以是那种
旧式的炕柜，在东北
那是孩子的藏身之所
当然也有人会锁上它，当人们
再次打开时，如果足够幸运——
他还会活着。所以
你不想把嘴巴
完全合上，即便所有事物
如热浪涌向你，你也有办法摁住
它们的利爪
直到它们焦躁的身体
安静下来。

与己书

我和朋友讨论怎样能从
庸碌的生活中爬出来
这让我想起八岁时，我和妹妹
在一个水泥管子里爬进爬出
“虫子怎么爬成蝴蝶的？”
“是不是有更好的选择？”
“譬如成为骑扫帚的女巫。”
我捏着妹妹的丑鼻子，她龇着牙
现在，她的牙齿变得规矩了
我似乎也没什么破绽让她取笑
“你要换新房子了吗？”她在微信问我
她甚至没留意到，那个曾让她
吵着吃蛋糕的日子
已经来了。

在父亲节写诗

雪橇疾驰而过
在鸭绿江边时，雪盖住生活
我就用嘴巴融化它，虽说
这热情有些突兀，但管它呢
我只需做我想做的
雪橇停下来，两只阿拉斯加
舔着自己的哈气，目光里有雾气晕开
仿佛看到神秘的事物。
雪裹紧山林，老猎人
只露出两只眼睛
日子在他脚下嘎吱作响。
“孩子”，他突然亲热地转过身
叫了我，然后又转身赶路
像个父亲一样。

在食堂

有人插队，有人夹起
别人的食物，我记不住他们——
那些像土豆一样
光滑又布满斑点的脸。
“我少了两个饺子。”一位女士端着饺子
盘子里并不拥挤，有些
空隙让人生疑。她目光凝重
服务员伸出粗糙的手
我端起食物，玉米粒和胡萝卜
挤在一起，排骨靠近米饭
蛋花像云朵，冬瓜片安静地沉在碗底
我一口口吃下它们，仿佛
吞下整个秋天。

在三阳镇游洪雪飞故居

山贴着山，水临近水
石斑鱼的花纹贴近童真
在这里，窄路是上天赋予
最宽阔的大道
那遥远的唱腔就自它深处而来
故居的主人，一个徽商
喊她姑奶奶，居所里到处是她的影子
鸡冠花，小雏菊，宽大的戏服
穿在墙上，小镇寂静
只有她柔美的嗓音随光阴流转
但这不像花香，倒像一腔奔涌的血
朝拜者盯着屏幕看她，围着旧居
摩挲她。她却只管唱自己的
把一个个季节唱出颜色
再陪它们衰败、死亡，但她却
好像永远活着。

观新安八家书画展之弘仁篇

在幽暗的展厅
一盏灯擦亮我的额头
我从一团光影里看到：
大师在山水间行走，带着他的侄子
一个叫江注的少年。
山隐没了他们的身影
但在竹林显现。人们循着他们的
足迹而去，孤灯清影下
谁也追不上隐逸的脚印
道法自然，好像他随便抖抖衣袖
就能留下一片山川
鸟儿从他们的眼前飞过
便住在纸上。我走出那团光影
他窄小的画页还在
我知道只要这些歙砚和扇面一转身
就能再带我回到那张
悠然的面孔前。

十月的乡村教堂

钟声敲打时间的太阳穴
做弥撒的时候，人们显得
有些慌乱，他们崇敬这个仪式
一个受难者将捆绑他们的
余生。是不是十字降临就犹如神亲临？
有人这样想时手脚慌乱
他割破手指，仿佛在赎罪
农田之外是远山
森林遮住了他的视线
他抱着一捆秸秆进入厨房
规矩地祈祷，食物召唤他的味蕾
他觉得这是神的赐予
在门外，一个小女孩望着他
笑出声来，灰喜鹊从山林快速升起
一轮落日在笑声里
缓缓降下。

在李白墓园

他在人们口中
发酵千年，有着琥珀般
浪漫的底色，醇香的灵魂
守墓人姓叶
这个瘦削的中年人
谈到守墓的先人，像在谈论昨天
含笑和桂花都低下头
人们虔诚地围着墓碑转圈
说这样能沾些文气
一个橙子从祭坛滚下来
我站在墙角的藤蔓下
它们快速地爬进阳光，向上
毫无目标地向上
我想只有李白是孤单的
即便所有事物的脸
都朝向他。

初冬想起母亲

生活是你绝望的载体
你躺在十一月的床上
听着阳光落进孩子的笑里
床单晦暗，你嗅到了死亡的气味
从肿胀的脸上。你想到幼时
渴望橱窗里的糖球，而你口袋空空
来苏混合水的腥味在医院
疯跑，它的弧线多像你曲折的人生
也是能攥出眼泪的毛巾
你记得母亲如枯叶在枝头
晃动时，她缠好的小脚里有虱子
耳朵流脓，你的身世藏在
她雪白的长发上，老房子知道
老椿树知道，老人们的目光知道
他们太善良了，以至藏不住鄙夷的嘴角
在村头的墙根下。

在疾驰的车上

“我并不了解这个季节”
坐在疾驰的车上我这样想
窗外，稻田金黄
衰草和矮树捆绑在一起
它们曾经那么茂盛。在夏天
我都无法用眼睛分开它们
虫子、蜘蛛，在它们身上生活
这庞大的肢体多么美味
即便没有红果子，但那些饱满的树叶
足以让它们张大锯齿状的嘴
我坐在车里
想到此行的目的，也深深
咽了下口水。

一月想起故人

没人在死去前看过
死神的脸，你读经、写字
用语言塑造你的洛丽塔
儿子早恋，你笑得像任何
一个男孩的父亲
以前说起他的懦弱，你的叹息
会像钉子落在地上
你分居多年的妻子
让你住在柚子树下了吗？
老房子面朝大海，你说
要在那变老，用海水洗掉
这尘世的泥垢。可现在
人们开始忘记你
你的书法展无疾而终，像你
和这尘世诀别的
方式一样。

在江南的深冬

伪善像冬天的顽疾
而良知才是它的解药
孩子们用雪球的方向辨识对方
雪把笑声洗得那么干净
可虚伪并没消失
它还在人的嘴巴出没
利益让人早起
但你知道，他们得到什么
就失去什么，像神秘的对等逻辑
表演的人站在灯光里
面色惨白，利益填不满他们
饥饿的肚皮。流浪的动物
藏在人的视线之外，那里安静得
听不到任何虚伪的问候
直到一个拿着鸡骨头的女人
走过来。

有只兔子叫小马达

长耳朵，粉鼻子
通体的白让它与晦暗的
冬天格格不入
“黑兔子啃了它的鼻子”
妹妹心疼地抱起它
动物研究所是它的地狱吗？
住过两次后，它变得怯懦
夹着耳朵钻进床底
以前，它喜欢咬袜子
像马达一样跳来跳去
我把手放在它光秃秃的鼻子上
它拱开我，继续吃菜叶子
这个漫长的冬天终于要过去了
对一只叫小马达的
兔子来说。

鸟　岛

三棵、五棵，更多
香樟树在湖中心挺起
茂盛的头颅，这守卫孤岛的卫士
这自然之物的巨大树冠
树上结满硕大的黑果子
我站在远处
看它们在树干上盛开，整个岛
都在盛开中抖动起来
这多么神奇：黑果子跳下枝头
在水中嬉戏，盛夏
银灰色的晨光打在它们头上
黑色的羽毛抖落
一粒粒水珠，晨光则用
手中的线快速串联起
这一切。

第六日

5 点 20，鸟鸣
从窗口挤进来，那些尖锐
又短小的喙凑在一起
急切地呼喊我
从一棵树到另一棵树
从一个瞬间到另一个瞬间
一刻也不肯停歇
一个鱼贩蹬着三轮车
从我身边驶过，她的长辫子
在鱼桶上甩来甩去
桶里的鱼热烈地扭动身体
好像争着想让她的辫子
钓上来，樱花朝她安静地开着
桃花落了一地，仿佛急匆匆地
诉说了什么。

没有人在雨中数眼泪

即便有人在雨中哭
也不会这样做
就像没人在一瓢水中分辨
哪滴来自淮河，哪滴来自长江
其实只要它们汇入海
我们就该停止这种猜测
雨水和泪水也一样，我们无需
计较它来自上帝
还是你的眼睛，只要它们
足够咸涩就够了，别计较太多
这就像爱发生化学反应
转化成其他物质，就别好奇地
把它放进嘴里
可能你已经尝过了，那也别撇着嘴
毕竟它的源头是清冽的，接受它吧
在雨中拥抱它吧
我敢打赌，这会让你欢乐得
忘了疼痛。

傍晚去秀山湖

傍晚像刚从午睡中
醒来的孩子般懵懂，光影晃动
高楼像火柴盒般冷静地站着
路灯擦亮秀山湖广场，孩子
仿佛人们摇摆的念头般走动
我坐在湖边的台阶上
喷泉把水喷向我，借着风的蒲扇。
我把拍下的水草调成黑白色
周围似乎也暗了下来
回去的路上，我走得比来时快
火柴盒被我甩在黑暗里
几个人聚在路边，有人指着
一辆变形的车，有人像泄气的人偶般
趴在地上，一摊血迹
在夏日焦虑的地面
渐渐干涸。

小暑与友小聚

我们在狭窄的包间里
小聚，嘴巴在啤酒沫的亲吻下放松。
自由让呼吸顺畅
烟灰缸如香烟的乱葬岗
作为争论的必需品
它们的一生那么卑微。
文学是我们信仰的神殿，在思想
和语言的行进中，所有深入探讨都像
艰苦的战役，舌头的利刃
在文本上挥舞，眼睛们被作品点燃
又拧息。窗外的雨
说停就停了，我们在深夜道别
在小暑的尽头消失，再次成为熟悉的
陌路人。

祈　祷

没人能看到明天
像庙堂里的菩萨那样
可你可以感知今天
感知木屑纷纷落下，落满
人们的身体，你嗅到了死亡的气味
你看到一个个葬礼上演
没人哭，甚至没人沮丧
人们继续用力活着，似乎每块
墓地都是别人的，每种
绝望也是别人的
他们祈祷时像敲木鱼，把发财
升官的心愿狠狠地敲出来
许愿池里的乌龟看到
香客举着高香走向香炉，然后
又转身奔它们来时，齐齐钻进了
浑浊的水里。

腊八节

冬天即将从枝头褪去
可腊八节还是冷的，好在
粥是热的，那么多豆子挤在一起
黏稠地笑着。躺在床上的人
被一双手拔掉管子，他在
医院躺了三天，没人来送行
甚至没人来埋怨他
很快，下一个人被推进来
他也躺着，儿子
用温毛巾给他擦洗，他被照顾得
仿佛一个年老的婴儿。很快
他也被一双手拔掉管子，儿子听着
走廊尽头急促的推车声
平静地说：
下个人马上就要来了。

冬天是死亡的归宿

冬天是死亡的归宿
是分别的路口，沉潜的事物
才能回到春天，寻回明亮的鸟鸣
可现在，我们只能面对
宽阔又荒芜的冬天
看着体弱的人被救护车带走
野猫钻进废弃的屋子
死神是个贪婪的巨人，耳朵上
有乌黑的圆圈，但他从来
不画圆，他把每一个圆撕裂
看人们在疼痛下哀号，不过
只要等到春天，树叶就会从春天的记忆
回到树上，老人从人们的目光变回
婴儿，我从骨头里赶走
湿冷的江南。

我从不属于东北

我从不属于东北
可我属于大山那连绵的
褶皱，农民剥开春天
耕种，牛的鼻环上有细小的水珠
松鼠在矮脚松上站着
它的目光抱着食物——
玉米像巨大的液体面包。
雪白的虫子从土地中
被犁出，它们还在梦里，淌着
夜的口水。灰喜鹊
挂满一棵树，它们为什么争吵？
蛇轻轻滑过草叶，趴在
粗糙的树皮上，一缕光落在
它们的纹理上，那么贴合
此刻，再没谁能看出
它们有什么
不同了

孤　独

孤独如闪电般击中我
在热闹的街市，在聚会的
酒杯里，说笑声像海浪涌向我
我在晃动的酒杯里
呕吐，在语言的丛林迷失
捧着被欲望的石头
硌疼的脚，我想回到部队的后山
我在那待了十八年，我想
回到蘑菇和蕨菜中，我想回到
灰喜鹊的叫声里，我想把
圆滚滚的南瓜背到梦里，可在梦里
我却把头埋进雪中，像一只
待捕的狍子。

失　眠

朋友们在酒桌唱歌
散了三小时后，他们
还在我脑子里尖叫，欲望
像春天的猴子般躁动不安
有人摸女人的手
女人噘起厚嘴唇撒娇
食物混合语言被吞下
服务员的面具后是一张
在生活中死去的脸
喝完啤酒后，他们
开始一遍遍去卫生间
前列腺像个倒挂的葫芦
子宫里有醒着的婴儿。凌晨三点
他们的身体还在我眼前扭动
我翻了下身，“姐姐”
一个天津女孩把我叫进了
语言的故乡。

把沙子放进漏斗

把沙子放进漏斗会
发生什么？你看着
沙子一点点逃走，你想抓住它们
你用尽全力，可它们依旧在你指缝
消失，且越来越快
你慌乱地扑上去，低下头哀求
可雨山关闭了神秘的洞口
没有人给你答案
你只能看着沙漏成为空罐子
它干净得像什么也没存过一样
你转过身，看到又有人
把沙漏装满沙子，你什么都没说
只等着他们说爱时
拔掉塞子。

清　晨

在晨光里，我是个
陀螺，当我开始旋转
我就看不到自身的瑕疵
它长什么样？
揭开它的罐口，就像揭开
一坛腌酸梅子
我羞于说起有些事让
我吞下了口水，我隐藏不住它
对我的诱惑，只要想起它
我的口水就涌向喉咙
没人告诉我爱情会
发酵成一坛酸梅子，谁能想到呢
即便那些把我从沉重的
梦里拖出来的鸟鸣
也不能。

一根绳子

那是你的绳子，捆在
我们初春的身体上
你把光亮的额头凑过来说：
“我爱你。”可嫉妒很快让你
变成一只鲁莽的动物
你要在清晨看到我，夜里看到我
但我无法医治你
当我也变成一只鲁莽的动物
颤抖着接过绳子，我扎紧挣扎的你
却勒疼了自己。我的眼泪落在春天
你惧怕夏天，像躲避我一样躲避它
冬天我的眼泪就凝固了
我不知道你什么时候解开了它
镜子里只剩下我和我们
滚烫的过去。

在四月，我像个被爱情扎疼的人

一个生硬的声音
对我们说：放下
我还抓在手里
你放下我继续向前走
“我是你春天的爱人”
我大声告诉你，可你捂住耳朵
我曾这样召唤松鼠，可它并不害怕
而是继续吃它的玉米
玉米是它的，可我是谁的？
四月安静而茂盛
我的身体很舒适并没疼痛
我的生活很舒适并无挫折
可我还是抱着蔷薇花的藤蔓
哭得像一个被爱情
扎疼的人。

我有个爱人

我有个爱人
这是个秘密，嘘
他住在云朵上，尘嚣之外
没有灰尘，他那么
干净，有兰花般
柔软的手指，云朵般雪白的
皮肤，他翘起的臀部
像美国队长一样性感，但他
不能拿起盾牌，也不能争斗
哪怕一场争吵，都会让他
一个跟头从云朵上
栽下来。

我们的清晨

清晨，火烈鸟
在湖边聚会。相爱的人
看不见热烈以外的颜色。
“我的眼睛里有什么?”
“有我。”你平静地说。
傍晚，火烈鸟把头埋入夕阳
夜一点点吃掉热烈的颜色
像吞下一顿平庸的晚餐
我站在黑暗里哭泣
像所有失去了什么的人一样。
你站在远处观望，游到岸上
你褪掉最后一团火
回到那个曾经燃烧过
我们的清晨。

找回自己

生活就像排队
照镜子，站在我前面的人有
松软的头发，额头闪着
温和的光，我身后的人正在
看自己的脚，他想知道
如何保守秘密。我在
重新梳理自己，我对生活的爱
寡淡，像冲淡了的
奶粉，有的事也浓厚
比如我喜欢上什么，就会迷失
要在生活的丛林里转上
好一会儿，才想起自己是谁
就像吃下致幻的
猪嘴蘑。

在五月

用一种疼替代
另一种疼是愚蠢的
夜张开黑色的厚嘴唇
你想听到什么？
谎言是热闹的鸟鸣吗？
躺在晨光里，你有点恍惚
孩子们的尖叫声爬上屋顶
声音替代他们爬到高处
他们和你一样在想
无法实现的事
你的双脚冰冷，再热的嘴唇
也无法温暖它们
你光脚走进誓言的隐秘花园
石头用疼痛教你如何放下，作为代价
你用歪扭的脚印染红了
整个五月。

看电影《沉静如海》

海面是灰色的
女孩的眼睛是蓝色的
白鱼在两只慌乱的
手间跳动。女孩没说过话
在男军官面前，她的脸皱成
一朵还没盛开的花
一个失去祖国的人
能在家里弹奏巴赫是奢侈的
她在音乐中沉静如海
不过谁也无法把军装
军车和跺脚礼从她眼前挪走
反抗是沉默的，他们把信号
放在窗台上，把炸弹绑在车底
为了那些在战争中死去的人
那些失去庇佑的孩子
“永别了。”女孩对
要上战场的人说。

故事把爱情撕得粉碎

在剧场
故事把爱情撕得粉碎
语言的狼群散去，空椅子
唱起忧伤的歌
夜是黑的，幕布也是
可它们遮不住我
苍白的脸，月光扑进来
像个调皮的孩子
演员们用易容术藏起自己
舞台中央，一个眉毛里
有疤痕的人在哭
我仿佛看到——
一场雨过去，合欢花落进泥地
这是夏天最后的隐喻。
我闭上眼睛，抱起厚重的幕布
我感觉正被它柔软的黑
保护。

世界正在老去

世界正在老去，而人们
还在盖高楼，口中喊着新生
欲望灼热的光融化了他们的脑子
他们开始说一样的蠢话
做一样的蠢事，直到有人躲进了夜里
星星像盏灯般照亮他从容的脚步
他那么自在，有的人
开始跟从他，模仿他思考的方式
可有一天，在更多人来
追逐他之前，他不见了
有人说他安静的面孔，消失在
一缕灼热的光里。

野　鸡

弟弟钓鱼时拿回
一窝野鸡蛋，开始只是有个
动了一下，而现在
13 个毛茸茸的身体一起
冲我们张大了嘴巴。
“大姑，你看多可爱。”
侄女兴奋地举起一只。
它们棕色的乳毛像两条
没有方向的铁轨。没一会
它们就用浅色的喙咬那只最小的
先是踩在头上，把身体压下去
仿佛要把它塞回壳里
然后是下一个
仅仅两天，最后两只就像
幸存者般瞪着无辜的眼睛看着我
我知道如果再拿出食物
它们还会继续厮打，即便
它们正用柔弱的声音呼唤我
“那十一只呢？”我看着它们问。
“埋在一棵杏树下了。”
母亲说。

父亲和爸爸

我的父亲挂在墙上，不
那张笑容僵硬的照片
已经被妈妈收了起来，具体
收在哪，谁也不知道
我没有生活里那种
鲜活的爸爸，没人
用结实的身体给我遮风
没人边训斥我，边掏出棒棒糖
没人替妈妈擦眼泪
有人半夜敲窗时，没人
抱紧我们发抖的肩膀
“滚”，妈妈竭力喊出的话
被风一吹就散了，我看见
满地毛絮打着转汇到一起，呜咽着
把手伸向黎明。

在医院

左耳朵发炎，右鼻孔
红肿，另一只耳朵突然流血
这是盛夏对我火辣的问候吗？
像个开玩笑没轻重的朋友。
我看着头部 CT 片里的自己
它褪去了皮肤、血肉
头骨像诡异符号的合成品
它在说明什么？
医生看看我再看看片子
仿佛处理一场面部交通事故
“肿瘤你知道吧？”医生摸着
中年男人隆起的下颚说
刚才他老婆还在和我开玩笑
用沙哑的嗓音，而现在
这个优雅的中年女人蹲在地上
把头深深埋进了
膝盖里。

三伏天

高温像滚雷般穿梭在空气中
我靠什么保存记忆？
刚才，当别人都忘记时
我重复了服务员说的
一盘肉的名字，现在
它单薄地铺在盘子上
像为夏天准备的祭品
其实，我并不善于
记住什么，只是偶尔
一些事会在记忆里停留
我像收下顽皮鬼
丢给我的礼物般记住它
我无法解释这种现象，就像我
不能解释为何有人喜欢我
有人厌恶我，不过
它们随时会消失，我只是
一时拥有隐秘花园的钥匙
“想象力即是记忆。”
乔伊斯说。

夜晚如琴声流入八月

夜的音符简单
只有焦躁的脚印和奔驰的
心跳，你无法
逃避雨前的那张面孔
他曾经那么虔诚，像每一个
躬身进山的香客
可雨山没有庙
木鱼声从何而来？
别想登山道，别想那只牵过的手
那上面的伤疤不属于你
也不属于某一个人
琴声戛然而止，什么东西
从八月的目光里，咚咚咚
滚下来？

我正在消磨自己

我像一根猛地砸向
学生的粉笔头一样无用，只是
这里没有学生，只有我被生活消磨得
越来越细，以前为了拒绝
被消磨，我把目光长时间
停留在天空上，哪怕我坐在井里
可有时，现实会像荒草般
覆盖住井口。我只好
做点别的，比如清洗一件
旧夹克上的霉斑，不过用清水冲洗
让它的皮脱落得更快，后来
当我想起它，它已在衣柜里
干巴得和一个牛内脏
一样了。

清晨发出的声音

虫鸣是清晨的
底色，鸟鸣从我额头升起
像一轮晃动的太阳
人们拎着自己的脚印隐遁在
嘈杂的生活里。
猫如婴儿般扭动任性的舌头
重型卡车沉闷地驶过
门口，和香樟树发出刺耳的
摩擦声，我觉得
这是我和生活唯一的
矛盾。

同学的狗崽

五只狗崽
挤在一个红脸盆里
它们不断在对方身上试探
爬动，闭着眼睛
嘴在主人手上舔来舔去
那不是奶头，有只黑白花纹的
似乎想从盆边挤到中间去
现在，它也可以把嘴
搭在主人手上了
但很快它又挤回了
原来的位置，像一个进城
见过世面又回去种地的
农民那样。

在雨山湖

湖水和落日的光融合，描绘
一幅盛大的场景，我站在湖水边
植被在嘈杂的人群里开安静的花
一个男孩蹲下来，他左手
抓的网指着落日，右手在水里不断翻动
亭子里，唱戏的人用唱腔
把自己拉回另一个年代
牵着塑料小鹿的女孩走进
高大的水杉林，我也走了进去
树影像条纹一样打在
我们身上，在林子深处
我们被这密集的条纹
慢慢覆盖，现在，我们已经隐身
在这宽阔的静寂里
不带一丝声响。

九月的清晨

你从鸟鸣中获得什么
便能在人世获得什么，这里
没有上帝，只有弯曲的
鸣叫钻进耳朵。凌霄花
还在沉睡，除了早上
它们大部分时间都张着嘴
像一簇簇安静的
火焰。我和地板上的
蛐蛐对视，它正在准备
一场室内音乐会。
不过，窗外的演出
已经开始了。一个急促的
声音加入了进来，呦吼吼
呦吼吼，这个不速之客的声音
很快成了主唱，就像
一个人突然闯入
别人的领地。

在上海博物馆

我的汗水如鼓点般
密集地落下来，巨大的
风扇摇出水雾，排队的人群
蜿蜒出蛇的姿态
我看不到它的尾巴。
“十五世纪景德镇瓷器展”
我念着宣传板上的字。馆内
一个大肚花瓶收拢它狭窄的嘴
那么小，我想象一个丫鬟
如何把纤长的花插进去
制铜钱的模型像个神秘盒子
谁被允许制造财富
谁就统治天下吗？
我围着一个残缺的佛像
转了一圈，它看起来那么完美。
有位老者对它低声吟道：
“阿弥陀佛”，他专注的神态
就像等待神秘的事物向他
打开一扇门。

十月的马钢

桂花的香气消失，你再
不能循着它从梦里找回清晨的
路径。蝉鸣褪去
不知名的鸟扯着嗓子
在管道上唱歌——
一些你听不懂的调子
办公楼的小水池种满睡莲
水葫芦和肥大的锦鲤
你把手伸进“鱼食”口袋
你感觉手开始下沉
仿佛被一张张硕大的鱼嘴
吸吮，你举起落叶在斑驳的
光里照镜子，炼铁炉像巨兽一样
俯视你，好像在说：
这是告别也是开始。

初　秋

我不再梦到甜蜜
即便窗外飘来桂花香，有人
从梦里向外喊我，可我
睁不开眼睛，自然之物如
秋天的孩子般听从
它的召唤，它们成为
红色、黄色的叶片和凋落的花瓣
黑色的泥土睁开眼睛
我的脚越来越干燥
我的皮肤正在裂开，那像豆荚般
爆裂的声音告诉我
谁即将离去。

清晨和室友聊天

现实像火炬
在我们嘴里传递
我用牙齿抛出那些我厌倦的
它们在空气中悬浮
没有根的事物失重
我被神秘的线牵引
像得到某种指令：
我在课堂上哭出来
这种感觉就像一个秋千
在过去和现在之间摆动
而孤独是一条通向未来的路
人们在这里道别
在这里相遇，欢喜地奔向新鲜的事物
我看见一个鲜艳的蘑菇
在展示它的美。

由一个事件引发的思考

我不知道艺术如何
变成社会新闻，没人把谁从
神位拉下来，它原来就
站在世俗的街上。这让我想起
一个拙劣的街头魔术——
魔术师用一个叉开腿的
女人吸引了众人的目光。这时
人们开始理解欺骗，理解
笑脸后那只拿刀的手
有人把最后的底线像液体一样饮下
“都挺不容易，理解点吧”
这时理解仿佛活了一万年的长者般
在他们嘴巴之间复活
繁殖出一个个伪善的
布道者。

写　作

从生活的漩涡里
爬上来，在准备写作之前
你要遵从内心，而除此
谁的话也不听，除非那些人
以外的生物，蚂蚁或蜘蛛
不要听人在你耳边唠叨
这个世界够热闹了
把你的手放在键盘上
让关节自由行走
像玛丽·奥利弗
在地里种豆子那样叙述
别炫技，别靠两条腿向上劈叉
得到什么。时间溜走时
你的肩膀和腰会有些僵硬
去湖边走走吧。揭开
你和人群的竹帘子，走到
他们中间去，谈谈天气、猪肉
以及这个在灯光下
晃动的夜晚。

写首诗

你沿着心脏的位置
开始写，有点像生涩的猎人
举起枪，虽然你不是
第一次这样做，可还是
忍不住颤抖，抓紧笔
让心脏指挥它，我是说情感
要真挚，把语言和情感
糅合在一起吧
不必在意和出的面团是软
还是硬。现在
你把它拿出来
像和邻居展示新猎物那样
也可能像你在森林行走
看到满树的灰喜鹊
它们安静地看着你
你无法描述这静寂
但你可以把这首诗捂在胸口
让你的心和它一起
跳动。

马钢日记

深秋，蔷薇在掉落的
花瓣里照镜子，一只蟑螂死了
一群蚂蚁围住它
光从它们面前升起
又落下，像举行某种神秘的仪式
我把手指伸进水池
锦鲤们嗅了嗅我就游走了
棕榈树孤单地站在池边
我无法体会它的冷
院外，烟囱一根根竖向天空
人们在炼铁巨兽丛林里忙碌
他们闪过的影子，仿佛
炼铁炉里沸腾的铁水，绽放进
一个个瞬间。

我想安静一下

十月即将过去，像所有
转瞬即逝的事一样
我不再对他人有要求
我刚吃了午饭，菜饼是脆的
肥肠软糯的口感在舌头上打滑
我没回办公室午睡，即便
它舒适得像个家，我坐在水边
和树枝、旧轮胎
被风吹皱的水在一起
有个男人领着两只狗走过来
在我身后站着，也看着
这水面，我们一动不动
仿佛静止在某个瞬间，直到
他们离开，我才从草地上站起来
像个被十月重新接纳的人那样
回到现实。

阅　读

这就像把头伸进
米缸里，低头会让我的血
都跑到头顶，我抬起头
看到红色的云骑着扫帚
我飘浮着靠近它们
琴声在我们呼吸间游走
智者来到我们中间，我似乎
感知到了什么，它模糊得像一颗
难以描述味道的绿橄榄
“只有艺术能让我落泪”
一个胡子拉碴的老人曾告诉我。
他的眼泪那么干净，可我
脚下的河是浑浊的。我蹲下来
土地像陀螺一样开始
旋转，这让我有些眩晕
只得先合上书。

离　别

你突然明白有些东西
只属于过去
你铺展开它从上面走过
回忆像没有根的头发
飘在空中，你想抓住它
可什么也抓不住
你的身体空荡荡的，像一个
没有少年的球场
你试图让它热闹起来
可你吹不响哨子，也无法
召唤谁来帮助你，只能看着它
在时间里荒芜。

当车疾驰在冬天的草原上

枯黄的栅栏围成半个弧形
像一座孤单的岛裸露在草原上
我坐在飞驰的车里
看薄雪扬起薄雪
仿佛一场小小的葬礼
我看着短小的风旋转着钻进
牦牛的耳朵——
我感受不到冷带来什么
我打开车窗
一种近似狼嚎的声音钻了进来
我的鼻尖瞬间红了
“像个没戴道具的小丑”
妻子笑着说。我关上车窗
车里又暖和起来
几只羚羊缓缓走过山坡
现在，当我回头再看那片草原
除了几个黑色的斑点，也看不清
还有什么了。

一月是摩羯座的

风把狗尾草花白的头
吹得竖直，这让我想到
一个人竖直的头发，那是张
古怪的脸，弹出的舌头
看不出什么异样，即便我仔细
数着他嘴边的胡子
地心引力和苹果也不能
把他从传奇故事里拉出来
我知道他松散的目光里
住着一位巫师，谁能让
苹果树下的人停止思考
谁就会遭到诅咒，十二月会把他
像祭品般包裹严实
献给一月。

大　雪

没有雪，光像
神披散的长发般落下来
桂花树再次打开花瓣
发出拘谨的香气，仿佛在庆祝
谁的诞生。我躺在床上
想起雪
想起 2 月 22 日——
这是个杜撰出来的时间
你想赋予它什么
它就会像被施了魔法似的
成为什么
我知道，我们的爱是
两只陌生的手同时伸进一缕光时
发生的化学反应
我也知道如果现在突然下起雪
你会再次告诉我：
“我们都逃不出对方的魔爪。”
可现在没有雪，只有鸟
在枝头跳跃，光像外套一样
披在它身上。

下雨了

雨欢快地跳下来
从天空的黑面孔上，人行道
扭动亮闪闪的裙子
大人们急切地行走
没有人肯停下来，只有孩子
会用手接住雨水，让它们
在他手心上跳跃
像一尾尾滑溜的鱼。现在
这个生病的男孩站在
椅子上，妈妈给他脱下外套
他紧张地攥紧拳头
他感觉到雨水正在消失，就像
快乐来过后那样。

晨　会

人们按排序坐下
像楼下蛰伏在水底的锦鲤般安静
这是视频会
为了证明存在的意义
人们纷纷探出头：肿眼睛的厂长
梳小辫的煤气技师
小黄鼓起松鼠般的腮帮子
一个声音落进人们的耳朵："晨会开始。"
我盯着切割成方块的屏幕
似乎又听到了什么被割裂的声音
人们小声汇报工作
像锦鲤进食时搅动起的水花。
我想起会前有人
把两个蛋黄撒进水里。
"喂的鱼都认识你了。"我小声说。
"厂长胆固醇高，不敢吃。"
一个声音飘过来告诉我。

傍 晚

长桥张开巨大的
鼻孔，水流像火车一样
在其中穿梭，但你听不到轰鸣
光落在矮灌木短小的叶片上
落在拉着手的亭子上
落在每一处你看到的事物中
它们安静地坐在
这即将消逝的光里，现在
只要再安静一点
你就能听到
它们匀称的呼吸怎么走进梦里
怎么在咔嚓一声时
躲进一段光阴。

在梦里

傍晚，我想起昨晚做的梦：
蝙蝠像死神般盯着我
溪水浑浊我沿着它向前走
万物似乎都陷入了思考，我走过
它们身边时都表情肃穆
它们想表达什么？
用这沉默的方式。
光隐入山林，不知名的鸟
在黑暗中唱着长长的调子——
一种我听不懂的语言
门口的玉兰举起毛茸茸的骨朵
春天在它们小小的嘴巴里
呼之欲出，但有一只口罩
拦住了它。

游　戏

你陷入一个沼泽——
那荒芜又漫无边际的谎言里
朋友们好奇你为什么
不肯出来，其实
只要你站起来就会发现
泥巴只是箍住了小腿，可你宁愿
蹲在那，把那点箍住你的泥巴
焐得滚烫。

我们都曾从冬天走进春天

光融化最后的雪
我抱着暖手炉，趴在
桌上写小说，写他如何
把洁癖在女人们的
身体上消耗殆尽，写朋友们
如何从一个饭桌前
四散而去，像一个不堪的梦。
结尾有人皱着眉头说：
那年啊，我们曲解了那些猫
它们悠长的叫声咆哮着
滚过春天时，我们
就迷了路，不但记不得
往哪走，甚至忘了
自己姓什么。

想象有一匹马在我眼前吃草

我站在一小片竹林里
想象有一匹马在我眼前吃草
江南的青草比草原上的
要柔软，刚从土里钻出来
就被它卷进了潮湿的嘴里
它摇晃着头，像在比较什么
周围安静极了，除了不停的咀嚼声
我似乎还听到竹子拔节的
声音，这是种笨拙的声音，就像
人在经历成长。草的香气
不断钻进我的鼻子
它并不抬头看我，只是偶尔甩甩尾巴
春天热烘烘的气息就在我
眼前散开了。

肖像素描

他干净得像
一张有年纪的纸
除了褶皱几乎没什么瑕疵
直到他把自己从你的生活里
折起来，它变得小而具体
朋友们排着队来告诉你
他的毛病，就像人人打开纸画了一笔
这是幅集体创作的画
纸身上劣迹斑斑，女人们的唇印
像叠加在暗夜的花朵
谎言如擦伤般遍布它的身体
你拿起橡皮擦拭它，它褶皱的部分
裂开，这些伤口越来越大
仿佛一张张要辩解的嘴
你不得不再次叠起它。

中年男人

他没有白发
没有胡子，甚至没有
一颗沧桑的心
年少时，荒唐是他的本质
女孩们围观他把电瓶车
骑出火星。结婚后出轨
妻子会拿起棒棒糖塞进那张
撒谎的嘴，喝完酒后
他每一声咆哮都像呼救——
一个在生活中溺水的人
身体有凌乱的声响
就像在十级风里，所有事物
都缺乏方向感，可即便这样
他还是会在春夜
和野猫赛跑，扔掉鱼干
抢着用一个毛球缠紧
自己的身体。

晚樱花垂下

晚樱花垂下——
一张张哀悼死者的脸
茶花冒出新叶，我又想起
那些死去的骨朵
它们微开的花瓣里
有卷曲的现实，夜晚降临
我看到绝望的枝桠
爬满春天的书房
病毒在新闻里有金属的质地
人们趴在窗户上
办公室的茶花正在渴死
现在，一切都过去了
虽说死亡还在继续，但我还是
想唱首赞歌，赞美我们如何熬过那些
绝望又黏稠的夜
赞美茶花如何舍弃花朵，撑到
我掏出钥匙。

读到波拉尼奥

读到波拉尼奥，他说：
“诗人能忍耐一切。”
可癫狂也能毁了一切，这让我想起
北欧诗人冷峻的面孔
只要想起特朗斯特罗姆
我就能听见哭声从嗓子眼爬上来
我不想谈失去
让我来说说他的克制
坚忍。在迎接死亡的仪式上
他不再被允许使用语言
可他能让雪缓缓飘下
在即将熄灭的目光里
他控制着速度，像在写一首诗
他知道雪大了会让人迷路
就像谁也无法在猛烈的语言里
不感觉窒息，除了那些酗酒
又和妓女干杯的人。

醉　酒

记忆像浊浪般拍到她面前：
温度舒适得让她想在众人前
脱衣服，她站起来
摇晃着酒瓶一样的身体
所有目光都在朝她聚拢
她仿佛站在了世界的中心
那些箭一般射出的冷眼都消失了
酒局后，她——
一个外乡人，在卧室转了三圈
才确定那张僵硬的床是她的
她躺上去床就开始旋转
且越来越快，她先是听到了风声
继而又听到流言像暗器般
向她袭来，她没感觉到疼
只觉得屋里比窗外还凉，而月亮
正在窗口看着她。

老照片

母亲举着一张迷茫的脸
像一团没有方向的火
这是那个时代特有的面孔吗？
如果把时间的镜头向前
推一下，她还在洗头
光抚弄着她的头发，身体则
陷进房子巨大的阴影里
父亲在看《傅青主女科》
他用这本书推开了和我们的距离
阿黄围着他的喇叭裤
转圈，母亲直起腰边梳头
边盯着父亲的爆炸头，她不认识杰克逊
更不认识惠特曼。她不知道
这个像草筐一样的头装了什么
她觉得生活在一瞬间产生了
密密匝匝的陌生感，身边的人
变得渺小而遥远
我在写观察日记：西红柿开黄花
穿绿衣裳，结红果子
母亲疲倦地走向我

仿佛经历了什么难过的事
她剪掉了部分西红柿的枝丫
连同花，她让它们死去
“为了其他的长得更好”
我想起去年吃掉的那些
像灯笼般温暖的红果子，原来
它们都是幸存者。

有人找我

朋友说有人找我
你可以叫他被生活驱逐的人
他的舌头已让酒
打上死结，即便天空有鹰飞过
他也无法描述，可他又
爱倾诉，就像此刻
他在到处找我，除了向朋友要电话
也许还会直接坐到我的沙发上
见到我总要谦逊地
点点头，把油腻的衣裳
往后掖掖，然后郑重地谈起
一首诗，随着诗句在他
打结的舌头上翻跟头
他乌黑的脸会生出些光泽
我仿佛听到一个遥远的声音
敲着我的茶几说：温两碗酒
要一碟茴香豆。

初　夏

蝉还没举办聒噪
音乐会，蚊子团队也没举行
轰炸机演习，只有鸟
在树杈间弹奏着单调的
音符，我支起耳朵——
一个旋转的弧形通道向外打开
收集着自由的声音。
几只萎靡的橘猫
在树下打哈欠，昨天是黑猫
它们似乎看起来更威严
胸前的白毛像规矩的领结，站得
仿佛石黑一雄笔下那个
为了工作忘了爱情的管家。
“西红柿结了六十多个”
男人关上院门冲我比画着
他的脸上挂满
理财产品盈利掉进口袋的
兴奋感。

焦　虑

所有的花瓣都会合上
就像人都会闭上眼睛，想到这
你就会听到死亡像小丑般
发出诡异的笑声
没有什么会被宽恕，我们指责
不朝自己开的花，抱怨
不伸向自己的橄榄枝
有的人一辈子也没见过
它们，所以他的脸是铁青的
嘴巴是乌紫的，生活的镣铐一辈子
也没打开过，那个下午
当他抓着自己的头发用力撕扯时
死神定格了他最后的
动作。

五月的最后一天

八点，我和司机
去贵池接客人，商务车
驶在陌生的乡道上
像一条蛇在盲路上爬行
殷汇路口的山光秃秃地裸露
在平原上，汇丰村荒凉得
像大地上的一颗雀斑
有两人站在地里
一个人挖坑，一个人埋
仿佛在恪守一种古老的仪式
她们旧毛巾下的脸像
两块烟掉的土豆，返回的路上
客人和我谈到文学
谈到人的处境时我再次想起了
那两块煳土豆一样的
面孔。

夏　天

在夏天死去的人
会重新进入一个子宫，这是个巨大的
圣殿，它干净的墙面
像母亲的皮肤一样抚慰着
逝者的身体，他们在门口脱下
旧衣裳，身体越来越小
不是萎缩，更像是皈依
直到他们蜷缩在它脚下
记起自己是个婴儿，挥动着
肉嘟嘟的小手，在铺满光的河流中
游向彼岸。

清晨的道具

清晨把一声声鸟鸣
放回树上，把两只猫安置在
竹林里，谁在一瞬间
点燃了它们躁动的嗓音？
更多的猫和老鼠还被搁置在
梦里，像仓库里厚灰尘下的账本
晨光柔和的阴影像纱幔般
隔开热闹的嗓音，昨晚
承认出轨的男人醒来，他妻子
趴在沙发上，脸上都是生活压出的
红印子，清晨拿他们毫无办法
它宁愿去摆弄一匹马，让它奔驰着
穿过人间，发出简单的
嘶鸣。

下　雨

雨阴郁的脸
覆盖了整个六月。植被们
用力张开下颚，沟渠里
也挤满了浑浊的雨，它们多得
像难民一样无处安置
鱼塘决堤，有人在二中墙外
捡鱼，有车陷进
菊园路的漩涡里，在某一刻
这永不停歇的雨似乎
发出了诡异的叫声，这叫声
沿着城市的下水系统
一路高歌，仿佛在嘲笑
什么。

雨停了

雨停后，大地升起
热烘烘的蚊帐，花蚊子围着
我的脚踝打转，汗水像
隐秘的雨般打湿我的脸
我的轮廓变得清晰。一辆三菱越野
孤单地停在树林里，农家乐的
门上挂着一把大锁，狗叫声
仓促而短暂地蔓延出来，鸭
鸽子和另一只狗
在几间敞开的屋子里焦虑地
走动，没有人解释这一切
我也无法解释为什么来到这
它就像一扇生活中的窄门
突然向我敞开。

六月的清晨

我抚摸着鸟鸣饱满的
额头，听着流浪狗湿漉漉地
走过我的窗前，雨热闹击打着地面
它们想知道什么？
我还躺在床上，身体摊得
像一张有年代的纸
可上面什么也没写
我开始质疑自己，我不知道继续
让这张纸褶皱下去
会得到什么，我知道
我在索取，不断地向生活伸出手
或者打开我的身体，询问它
在一间有书、有米的房子里
我为什么空空如也。

盛　夏

发言。七八张年迈的
嘴在主席台上张开
话筒像一艘狭窄的船
挤满他们的过去或未来
死亡像黑纽扣一样不经意
脱落，没人在意这细微的声音
一张张挂满老年斑的脸
迟缓地看着我。我摸摸自己
又伸伸腰，像小时候那样
后来，为了把盛夏和衰亡区分开
我走下这艘狭窄的船
到岸上透透气，不过这一切都
和光阴无关。

失　眠

带壳的飞虫不断
挤进窗内，像参加陌生面孔舞会
它们的鲁莽出奇地一致
先在空中盘旋，然后慌张地
落在一本魔法书上
女孩用纸包起它们，快速掖在台灯下
“我很熟练了”，她对妈妈说。
当鼾声引导女孩进入舞会后
她成了只有人脸的虫子。
又一只飞虫挤进窗内后
妈妈藏起了魔法书，它就一圈圈
盘旋，整夜她都在螺旋桨
下降又上升的声音中沉浮
天亮后，她在门后发现了一对
碎翅膀和一具干巴巴的
尸体。

八月的面孔

八月像一张桃花的脸
镶嵌进秋风里，我在混合花香的
风里抚摸我的失眠症
感觉到被一种神秘的声音召唤：
“留在那里。”
这个像钟摆一样的声音
还告诉我不要嘲笑小丑
他们会把自己的红鼻子砸向你
让你染上那惊心的红
让你和他们一样迷失在欲望的
海里，油腻的海水会
把你缠绕得像个废弃的汽油桶
当你离开，红鼻子还会
像监视器一样盯着你
直到你成为表演者，说自己是
纯粹而安静的。

怀疑一切

他像倒挂的蝙蝠那样
怀疑白天和夜晚，怀疑说出的
和未说出的，怀疑
消化后的和还没喝下去的，怀疑
朋友和敌人，怀疑父亲和
宠惯他的母亲，怀疑
看到的和没看到的，怀疑
喜欢的和厌恶的，怀疑
疾病和健康，怀疑
妻子出轨，“但我不在乎”
他把怀疑像肥皂泡一样吹大
又逐个击破。
他像信任一切的人
那样谈论生活，然后笑着
用手指摁灭烟头。

周日躺在书房里

光垂直打在桌子边缘
台灯照亮自身的灰尘，椅子
变形的阴影夸张地印在墙上
如一幅抽象派画
空调轰隆隆地响着
仿佛吹响了远方沉闷的号角
书从桌上摆到床上
凌乱得像我的思考
我想整理它们，可过了整个夏天
还是老样子。写下这首诗时
我正穿着吊带背心
躺在它们中间，书的棱角扎疼了肋骨
可我却感到自由，像一个找到
自我的国王。

周　一

像一块腐肉
秃鹫落进密谋者的生活
没有人会挑剔它们的吃相
吃剩下的骨头尖锐
疼痛感也尖锐
在周一的假面森林里
所有骨头都能刺穿我的身体
一种声音在我头顶盘旋
我努力躲避着它，直到
我看到眩晕的天空俯视着我
带着怜悯，此时
我正舒适地躺在它无限的
花海里，躺在死亡
巨大的云端。

谎言不会像飓风一样

谎言不会像飓风一样
席卷生活，它有着温和的个性
有着粉饰脸面的功效
比科颜氏的美白效果还好
它从不同的嘴巴走出来
像绅士般告诉你
现实是一面被涂抹过的墙壁
它原来的面貌被掩盖
真实像寓言一样远离人们
虚伪和伪善是同一件外套
谁穿上它谁就变得华丽
谁就能塑造
优雅的形象，谁就能成为
魔鬼的同谋。

秋天的早晨

你忘不了过去
忘不了一些人。这没什么
他们已像一盆冷水
不再发出让你焦虑的温度
你解开了自身的绳子
树叶一层层压在脚下，在霍里山
你看着它们由浅奔向深
像突然成熟的孩子
你喜欢的事物挂在九月的枝头
仿佛一个空巢
它摇晃起来，又如一个硬柿子
你知道过不了多久
它就会软软地看着你，甚至向你咧开
红彤彤的嘴。

生活是只巨大的行李箱

让自己像只温顺的猫一样
钻进生活巨大的行李箱
就会有猫用不解的目光盯着你
这让你想起
昨天三只猫来到你的院子
它们在辣椒秧下打滚
有两只是刚出生的
你递出水，当你想再走近些
首先是猫妈妈
其次是两只小猫，它们快速
钻进来时的通道
消失在矮灌木丛之前，它们
回头看了你。

在永丰河边

光和光连成一条彩色的
虫卵，恋人在阴影里缠绵
像两条虫子，你从一场聚会出来
从一声虫鸣走向另一声
你拿潜意识的水流清洗
疲倦的自己，你看着世俗的语言
游回生活的浊流中
你把这场聚会还给时间
身体在秋夜中舒展
你记忆的翅膀从长白山脚下
扑棱起来，它曾像蛹一样保护你
并告诉你怎么飞
怎么轻轻落下。

秋　夜

语言叠加语言
虫鸣之上还是虫鸣，秋夜
像一座倒下的长城
在草地里绵延，提前离开饭局的人
仿佛话题的背叛者
而剩下的人则陷入一场僵局
“做自己”像口号般
让舌尖麻木，服务员进来又出去
像在找一个出口
如果我把说过的话收回，让承诺
像一张作废的支票
让时间像废品收购站一样承载一切
是否就能回到那个
自在的秋夜。

购物欲

我买了两双鞋
页面提示两双打九折
我刚睁开眼睛
购物车就在叫我
看着它们热闹的样子
我想冷静下来。昨晚买的束腰
羽绒服、水洗牛仔裤
白毛衣还在路上
“你为什么总买差不多的东西？”
他们会继续这样问我
想到这我觉得起床更难了
现在，它们又想把我
拉回那个页面
我决定再看看，也许生活
还需要点什么。

晕　车

它来得那么突然，在出租车上
我正为一件事发火
脖子瞬间就变得僵硬
仿佛路过的女巫拿魔棒点了我
胃像个铁球般被提起来
胃液跟着上涌，我调整了一下坐姿
我想到了小学体育课用的铅球
那股铁锈味又回到我的鼻腔
雨后的操场上
锈水从铅球滴落，双杆上也是
这是个锈迹斑斑的世界
我投出最后一个球时
随它的轨迹飞了起来，我看到
父母正在家里争吵——
母亲的病人勾引了父亲。
“我从小就学会了绝望。”
我回复完朋友信息后下了车。
“我的绝望也延续到 20 多岁。”
看到他的回复
我感觉一个铅球正穿过时光
抛向我。

温　度

你看到人心与人心间
竖起的墙，你把耳朵贴上去
感觉寒气透过砖缝传过来
这让你开始想念
鸟儿们的胸脯
在电线上它们站成一排
唱一个音符
这是首单调的曲子，可你
想到了唱圣诗的孩子
它们嗓音干净得
像孩子们眼里的湖水
它们的心脏在一个节拍下跳动
你感觉到一股温热
流向你，即便你并没
摸那些跳动的胸脯
可你知道
比起墙的冰冷，你太需要
这点温热了。

深　秋

深秋的眼眸间没有界线，就像
山与山之间没有间隙
树木把果子投进山谷
它们腐烂或被动物吃掉——
这是场盛大的野餐
马群在山坡上打着响鼻
它们正要奔赴下个季节
在带回雪之前
这里没什么是纯洁的，毛毛虫
吐着棕色的泡泡
它长了一张印第安人的脸
你想起他们的图腾
弓箭和一个巨大的阴谋
雾气散去，柴火在妇人的腋下
发出热烘烘的气味
蘑菇和鸡肉在锅里欢快地
翻腾，正好盖住了两个妇人
耳语的声音。

后 记

距离上一本诗集出版已过去四年，那时我还在县文化馆做创作员，周末才能回到市区的家。如今，我终于在离家两千米的地方有了一间属于自己的办公室，和一张陈旧的沙发。午饭后，我可以躺在沙发上翻书、打盹儿，开裂的皮革给人一种亲切之感。有时一整天，办公室里都回响着敲击键盘的声音，这声音让我感觉到踏实，时间的流逝也不再令人惶恐。

学习写作已经十年，我有过骄傲，也经历过幻灭。最终我明白了写作不过是一个人寻找自我的过程，它让我清醒地看到自身的问题，也让我不停地探寻自己要走的路。因此，诗歌于我，不仅是一种乐趣，更是一种精神需求。

近几年，除了诗歌之外，我开始尝试写作短篇小说。这种“仅次于诗歌的艺术”（福克纳语）让我重新对世俗生活产生了强烈的好奇心。我想这也会从另一个方面促进我对诗歌的思考。

这本诗集收入的诗，是我近四年的新作，基本上代表了我近期的诗歌美学思想。在此，感谢刘康凯老师作序，感谢育邦和邵风华两位老师的鼓励和推荐。感谢所有肯花时间阅读这本诗集的朋友，感谢所有帮助过我的师友，也感谢我的家人。

海饼干

2020 年 12 月于马鞍山